Para Leslie

EL BARCO DE CAMILA

Un cuento para dormir

Allen Morgan
Ilustraciones de Jirina Marton

EDICIONES EKARÉ

Una noche, a la hora de dormir, Camila jugaba
en la cama con sus animales.

–Este es nuestro barco –les dijo– y yo soy
la capitana.

Pero, cuando iban a zarpar, el papá de Camila
vino a darle las buenas noches y a apagar la luz.

–Hora de dormir –dijo.

–Todavía no –dijo Camila, y le contó del barco
y del viaje que haría con sus animales–. Ahora
no puedo dormir. Tengo que salir a navegar.

Su papá sonrió:

–Cierra los ojos –le dijo–. Te contaré un cuento
para navegar.

Una vez, no hace mucho tiempo, una niña
llamada Camila salió a navegar hacia el final
del día por el ancho río que lleva hasta el mar.
Navegando y navegando, se encontró con un
cuervo tejiendo su nido con las hierbas que crecen
en la orilla del río.

–¿Adónde vas, Camila? –preguntó el cuervo.

–Voy navegando hacia el final del día, sigo
el rumbo del río que lleva hasta el mar.

–¿Puedo ir contigo? –preguntó el cuervo.

–Sí. Hay espacio en el barco para un cuervo.
Pero, si quieres venir, debes traer algo para que
mi barco navegue mejor.

–Puedo llevar la hierba –dijo el cuervo.

Entonces, Camila y el cuervo recogieron la hierba
que crece en la orilla del río y juntos tejieron
una vela. El cuervo subió al barco, y Camila
y el cuervo se fueron navegando hacia el final
del día por el ancho río que lleva hasta el mar.

Navegando y navegando, se encontraron
con una vaca comiendo flores de las que crecen
en la orilla del río.

–¿Adónde vas, Camila? –preguntó la vaca.

–Voy navegando hacia el final del día,
sigo el rumbo del río que lleva hasta el mar.

–¿Puedo ir contigo? –preguntó la vaca.

–Sí. Hay espacio en el barco para una vaca.
Pero, si quieres venir, debes traer algo para
que mi barco navegue mejor.

–Puedo llevar las flores –dijo la vaca.

Entonces, Camila y la vaca recogieron
las flores que crecen en la orilla del río y juntas
trenzaron una cuerda para sostener la vela.
La vaca subió al barco, y Camila y el cuervo
y la vaca se fueron navegando hacia el final
del día por el ancho río que lleva hasta el mar.

Navegando y navegando, se encontraron con
unos gatitos brincando y persiguiendo al viento
que sopla en la orilla del río.
–¿Adónde vas, Camila? –preguntaron los gatitos.
–Voy navegando hacia el final del día, sigo
el rumbo del río que lleva hasta el mar.
–¿Podemos ir contigo? –preguntaron los gatitos.
–Sí. Hay espacio en el barco para unos gatitos.
Pero quien quiera subir debe traer algo para
que mi barco navegue mejor.
–Podemos llevar el viento –dijeron los gatitos.

Entonces, Camila y los gatitos buscaron al viento
y le pidieron que soplara por el mástil y hasta
las velas para que el barco navegara deprisa.
Los gatitos subieron al barco, y Camila y el cuervo
y la vaca y los gatitos se fueron navegando
hacia el final del día por el ancho río que lleva
hasta el mar.
Durante horas y horas navegaron con una vela
de hierba y una cuerda de flores, con la vaca en la
proa y los gatitos en la popa vigilando que el viento
inflase las velas. Y el cuervo en su nido en lo alto
del mástil miraba hacia el mar buscando ballenas.

Navegaron todo el día. Y poco a poco, cuando
el sol en el cielo empezó a adormecerse, el barco llegó
al final del ancho río. Y así fue como Camila
y sus amigos se hicieron a la mar.

Que la luna y las estrellas te presten su luz
mientras navegas por la noche negra y azul.
Noche adentro, las olas son inmensas y oscuras,
pero tú eres la capitana y sabrás navegar hasta
las lejanas costas más allá del mar.
Anda, ve a descubrirlas.
Yo estaré esperando tu regreso al puerto;
vendrás con el sol, te veré llegar.
Volverás de los sueños, de la sal y del viento
trayéndome el cuento de tu noche adentro.

Buenas noches y felices sueños.

Traducción: Clarisa de la Rosa

Primera edición en tapa dura, 2016

© 1981 Allen Morgan, texto
© 1986 Jirina Marton, ilustraciones
© 1987 Ediciones Ekaré

Av. Luis Roche, Edif. Banco del Libro, Altamira Sur. Caracas 1060, Venezuela
C / Sant Agustí, 6, bajos. 08012 Barcelona, España

www.ekare.com

Publicado por primera vez en inglés por Annick Press Ltd., Canadá
Título original: *Nicole´s Boat*

ISBN 978-84-944291-6-3 - Depósito Legal B.27377.2015
Impreso en China por RRD APSL